꽃에게 꽃이냐고 물었다

시와반시 기획시인선 024

꽃에게 꽃이냐고 물었다

김해리 시집

시와반시

| 차례 |

제1부 | 희망 한 잎

제2부 | 꽃이 온다

제3부 | 환형의 시간

제4부 | 민달팽이처럼

해설

제1부

희망 한 잎

신을 빚고 있었다

무너진 강둑에 앉아
아이는 찰흙으로
뼈를 다듬고 살을 빚어
소원을 조몰락거리는 사이
잠깐 졸았을까
빗물에 신의 말씀이 흘러내렸다

산돌이 자라나던 장독대
몸이 채 마르기도 전에
날 선 응달은 신의 목을 잘랐고
긴 침묵으로
세상의 눈물을 읽어내던
신은 끝내 부활하지 못했다

내가 만든 신은
언제나 미완성이었으므로
술렁이는 시간을 서성이며

아무것도 바라지 않기를
아무 일도 일어나지 않기를

오늘도
나는 신의 담장을 넘볼 뿐이다

느티나무 웃어른

그늘 멍석을 기웃거리는 비둘기
담뱃재에 흩날리는 큰기침
영역을 표시하듯 경계를 긋는다
그늘 밖에서 맨발로 물똥이나 지리며
오롯이 폭염을 받아먹던 주둥이
모스부호 같은 소리로 바닥을 쪼아댄다
그늘이 그리워져 핏줄이 당기는 날
어쩌자고 땡볕을 막아 줄
조상 한 분 모시지 못했을까
간 크게 무지렁이로 살아온
하루살이 목쉰 울음이
비빌 데를 찾아 허공을 윙윙거린다
어둠에 저항하는 개미들의 행렬
우듬지를 내려와 땅거미 속으로
몸을 감추는 어스름 무렵
담뱃대 물고 어슬렁거리는 팔자걸음
나뭇잎들은 뒷짐 진 큰기침을

저녁 밥상으로 받아 든다

냉이

군산에서 태어난
여섯 살배기 꼬마가 아버지 따라
중국 하얼빈에서 뿌리내린 지 80년

고국 생각에 눈물 마를 날 없어
뼈라도 고향 땅에 묻히고 싶다던 당신

눈 감기 직전까지
고향의 냉잇국 한 그릇
먹어봤으면 원이 없겠다던 당신

소년의 꿈이 이국땅에 갇혀 살다가
이승을 떠난 후에야 자유로워진 영혼

그가 왔네, 고국 땅에
꽃 피었네

들녘 밭고랑에서 꽃샘추위 헤집고
보란 듯이 납죽납죽 웃고 있던 냉이

한 솥 끓여놓고
차마 먹을 수 없네

무게를 덜다

늦은 저녁이 되어서야 당도한 고향 집
울안 가득 풀벌레 울음이 반긴다
밥상을 물리고 자리에 눕자
더듬더듬 떠오르는 유년의 기억

꿈을 찾아 들판을 누비던 친구들
동생에게 개구리 뒷다리를 구워 먹이던
옆집 순이는 잘 살고 있을까
쫀득한 허벅지 살을 받아먹던
아이 모습이 아른거리는데
갑자기 머리 위에서
무엇인가 부딪치는 소리가 들린다

비틀비틀 일어나 달빛을 좇아간 뒤란
부러진 가지가 함석지붕을 덮쳐
주먹만 한 감들이 나뒹군다

상처를 보듬어 무게를 덜어내는 나무
나도 모처럼 짐을 내려놓은 나무가 되어
팔순을 넘긴 노모 품으로 기어든다
쭈글쭈글한 젖가슴이 콧등을 때린다

울음을 비워내 고요한 뜰
벌판을 휘젓고 돌아온 건들바람
처마 아래서 주섬주섬 고단한 여정을 풀고 있다

밥 익는 계절

지상의 낮은 밥알들이 도란도란 익어간다

품앗이 간 어머니 품에 안겨 와
허기진 방안을 환하게 채워주던 어진 밥

신병 시절 속도를 따르지 못한 벌로
상관 구둣발에 짓이겨진 밥알을
우적우적 주워 삼켜야 했던 더러운 밥

어린 자식을 가슴에 묻고
산 사람은 살아야 한다며
피눈물에 말아먹던 모진 밥

이팝꽃 아래 벤치에
어진 밥과 더러운 밥
모진 밥이 물끄러미 마주한 저녁

허공에 밥물이 넘친다
고봉으로 차오른 달이 냄새를 맡고
조롱조롱 별들을 데리고 온다

희망 한 잎

까마득히 잊어버린 비닐봉지 속
파 씨를 꺼낸다
싹을 틔우기 위해 골몰했던 흔적이
파랗게 부풀고 있다
나보다 먼저 어둠을 털어낸 그들 앞에서
내 안의 통증이 잠시 주춤한다
씨앗을 심어 움이 돋고
작은 잎들의 푸른 몸짓을 보면
불끈 힘이 날지도 모를 일
찜통더위를 건너온 쪽파 씨를 묻고 흙을 덮는다
사는 게 맵다는 걸 알아버린 씨앗을 보며
내가 할 수 있는 일이란
곁에서 열기를 다독이는 일
그 열기로 조금씩 매워지는 일
매워지기 위해 눈물을 닦는 일
살겠다고, 살아야 한다는 그들의 외침에
나도 살아야겠다

두 눈이 무르도록

독한 희망 한 잎 품어야겠다

도시 위에서*

이대로 날아보자
어디든 날아보자
나의 벨라
우리는 한 송이 초록 구름
신혼은 무중력의 세계
나의 벨라
멀리 보이는 대성당
회색빛 도시
빨간 지붕 위 굴뚝은
고개를 젖히고 우리를 올려다보지
나의 벨라
울타리 아래 엉덩이를 내놓은 자는
일을 보면서도 늘 생각에 잠겨 있지
개미만 한 그가 보이지 않을 때까지
우리 날아보자
나의 벨라
손을 뻗어 자유롭게 하늘을 나는

우리는 크낙새
그대는 앞을 보고 나아가고
나는 잠시 뒤를 본다
슬프고도 즐거운 나의 도시여**
안녕

* 마르크 샤갈의 그림
** 샤갈의 회고록에서

수면 유도 방식

액자 속에는 한눈을 팔지 않는 손길이 있다

눈을 감고 풍경을 보고 있으면
어둠 너머로 흘러내리는 포근한 숨소리
곁눈질로 달아난 잠이 슬그머니 뒤돌아온다

뽀드득 잡히는 희고 투명한 손이
소리를 따르며 일상에 몰입한다

그녀가 식사를 준비하는 동안 눈을 감고
귀로 먹는 한 끼 밥을 떠올린다
누군가는 우유를 따르는 중이라고 하는데
멈출 줄 모르는 빛의 소리가 출렁인다

여백을 채워주는 지루하지 않은 관계처럼

하루를 짓고 남은 날들이 들녘을 깨우고

새들을 모으는 풍경 속에서
잠에서 깨어난 나무들이 소리 한 컵씩 받아든다

몽글몽글 움트는 저녁
구름 걷힌 허공을 당겨 호흡하는 잎들
눈길 닿는 곳마다 꽃눈이 열리는 계절
꿈에서 소리를 뒤적인다

내일을 삼켜버린 벽 하나가 지워진 꽃밭
향기 속에서 경중거리는 잠의 자세
잃어버린 잠이 찾아왔을 때도
그녀는 여전히 소리를 따르고 있다

미러 워크

산책 중인 발부리에 무엇인가 부딪치는 순간
심장이 뛰기 시작했어
무슨 일이야, 물으며 누군가 다가오는데
뒤돌아보면 바람 소리뿐
옥수수 노란 알갱이들이
듬성듬성 돋아나는 밤하늘
어둑한 발밑에서 피어나는 소리
잠잘 때도 조막손에서 떨어질 줄 모르던 방울이
풀숲에 동그마니 앉아 있었어
아이가 살아온 듯 덥석 안아 올렸지
그렇게 찾아도 보이지 않더니
발끝은 용케도 어린 체온을 알아챘겠지
아장아장 걸어와 까르르 웃는 밤
슬픔은 먼발치로 물러나
풀벌레 화음에 귀를 열 때
찬 공기를 뚫고 올라온 깃털 냄새
걸음을 멈추고 보드라운 향기에 머물렀어

지하도 지상도 아닌
별들이 노니는 거울 속 세상에서
아이를 만날 수 있을까
딱 한 번만이라도

벽화

어둠에 갇힌 골목이 움찔거린다
불빛이 흘러드는 포근한 몇 초
신음을 풀어 벽을 겨냥한
취객들의 흥얼거림이 미끄러진다

미완성으로 뒤척이는 흘림체 한 폭
고르지 못한 붓질 속으로 수군수군 바람이 인다

질척이는 밤
애써 빚어놓은 비경 한 점을 빗물에 내어주고
바닥은 오체투지로 통곡한다
눈물은 가장 낮은 곳으로 스미고
폭우는 광야를 가로지른다

비틀거리며 벽과 내통하던 사내들이 사라지는
골목

한 사내가 흘림체로 걸어가다
담장 쪽으로 지퍼를 내리고 오줌을 갈긴다
소리를 덧칠해 평면의 벽을 입체화로 압축시켜놓
는다

누대에 걸쳐 번성하는 무허가 갤러리
숨은 그림을 내 거는 새벽이 완성된다

벚나무 꽃방

싸군 마켓 앞 만개한 벚나무
사월 꽃샘추위 껴입고 홀로 반짝입니다
달빛을 뒤집어쓴 젊은 연인이
꽃잎을 푹푹 밟고 갑니다
그들만의 은밀한 방을 찾기 위해
고고한 사랑을 얻기 위해
꽃잎은 보이지 않고
멀리 있는 눈빛만 아픕니다
나무는 지친 그들에게 따뜻한 방이 됩니다
즉시 입주 가능
꽃방 특별 체험
나무는 전단을 내걸어 바람을 견뎌냅니다
혼절하듯 꽃잎 쏟아놓으면
관절마다 욱신거리는 저녁
아무도 들지 않는 방에
홀로 불 밝힌 심지가 붉게 타오릅니다
이제 사랑을 팔지 않겠습니다

절정 같은 건 팔지 않겠습니다

자두

　사랑이 시작되기도 전에 따먹기 좋은 이름을 가졌
다 얼굴에 붉은빛이 돌기 시작하자 할머니는 여자로
익는 거라며 몸단속을 시켰다 가지에서 가지로 소문
이 날아다녔다 자두가 먹음직스러워 발그레한 것이
겉은 시큼한 게 속은 달큼하고, 담장 너머로 몇 개의
손이 밤낮으로 드나들었다 악지 센 손들이 목덜미를
낚아챌 때마다 후드득 사랑이 털려 나갔다 한 사람만
을 사랑해야 한다는 할머니와의 약속이 좌초되고 말
았다 밤마다 수초 사이로 악어 떼가 몰려왔다 온몸을
뜯기던 난파선 붉은 늪이 허우적거렸다 악몽에서 벗
어나면 헛구역질이 몰려왔다 할머니, 내 몸에 누가
다녀갔나 봐 담벼락에 붙은 사내아이들이 바람을 핥
다가 무심하게 씨앗 하나씩 날려 보낸다 순백하지 않
은 계절이 서둘러 당도한다

벌

발그레한 꽃잎 따라갔죠

조팝나무 가지였나요

거먹구름 같은 벌집 덩어리를 보지 못했죠

어쩌다 살짝 스친 것뿐인데

갑자기 이게 웬 날벼락입니까

온몸에 게릴라성 벌침이 쏟아지는데

오늘이 제삿날이구나 했죠

그때 엎드려, 누군가 소리쳤죠

순간 머리를 감싸 쥐고 바닥에 납작 엎드렸죠

벌침을 뒤집어쓴 몸에 하롱하롱 꽃잎 날렸죠

성난 벌들, 주위를 에워싸고 붕붕거리는데

꽃잎 떼 지어 입술에 포개지는 것 아니겠어요

울지도 웃지도 못하는 이 괴이한 봄날

국지성 호우가 지나는 이곳은 어디쯤 되는 걸까요

꽃술 하나를 살짝 엿본 죄가 자꾸만 따끔거렸어요

후예들

티브이 속 남자가
아이에게 우유를 먹이고 있다
저 남자의 고요한 눈빛과 자분자분한 어투는
야생의 흔적을 떨군 지 오래
예전에 우리가 그랬던 것처럼
이제 순한 양으로 돌아온 것인가
포효하며 독재를 일삼던 그들과의 화친을 위해
우리는 얼마나 많은 무릎을 꿇어야 했던가
칭기즈칸의 승리를 위해 말 젖을 퍼 나르던
수많은 여인의 땀이 이제야 생각났는가
그 젖 한 모금을 얻기 위해 아직도
치마폭 주위를 충견처럼 맴돌고 있는 것인가
그렇지, 늑대의 조상은 순한 개였으므로
개의 조상이 늑대였던가
칭기즈칸의 유전자를 어디에 다 흘러버리고
채찍 대신 앞치마를 펄럭이며
개똥이나 치우는 그대들이여

아직은 펄펄 살아 있는 식성으로 근육을 세우고
충견의 조상인 성깔 난 늑대로 다시 돌아가시길
그리하여
지축이 울리도록 지구의 중심에 오줌도 갈겨보시길
천 리 물길을 만들어 호령하시길
그때, 우리는
평야를 내지르는 말발굽의 함성을 들으며
그대들을 위해 기름진 젖을 빚을 것이다

지구본

　티브이를 보며 걸어서 세계 속을 간다 한 번은 꼭 가보고 싶은 곳 터벅터벅 땅끝까지 걸어가고 싶은 곳 뽀르뚜깔이 어디 있니 폰 속으로 들어가던 아이가 책상 위에서 잠자던 지구본을 꺼내와 무릎 위에 가볍게 앉힌다 아이의 손이 뽀르뚜깔을 찾아 지구를 돌린다 손끝에서 내가 돈다 빙글, 뽀르뚜깔이 돈다 순간 아이의 손을 놓쳐 잠시 눈에 스쳤던 뽀르뚜깔을 잃어버렸다 땅끝에서 헤매는 동안 아이가 핸드폰 속 지구를 몇 바퀴 돌고 나온다 아이의 눈빛을 따라가며 도대체 뽀르뚜깔은 어디 있는 거니

제2부

꽃이 온다

설산조*

두통이 눈보라 치는 밤
새 한 마리 어둠 속에 웅크리고 앉아
가슴을 쫀다
커튼을 내리고 온도를 높여도
냉기가 온몸을 휘돈다
솜이불 속까지 한기가 스며들어
허리가 뒤틀리는 통증
약봉지들이 뒹구는 탁자를 더듬거린다
분명 봉지에 표시해두었는데
진통제가 보이지 않는다
이것도 아니고 저것은 의심스러워
봉지를 밀쳐두고 다시 방안에 든다
아프지 않다고 최면을 걸며
눈 감고 통증이 멈추기를 기다린다
병원은 다녀온 거지
설마 아직도 가지 않은 거야
병 키우지 말고 병원에 가보라던

목소리가 귓가에 맴도는데
희붐한 새벽, 통증에 부리를 박고
날이 밝기를 기다리는 설산조
해가 뜨면 산기슭을 활강하며
간밤의 고통은 까마득히 잊으리라
깃털 하나 움직이지 못하는 다짐이
아침까지 이어진다

* 밤에만 집을 짓겠다고 우는 히말라야 설산에 살았다는 전설의 새

꽃이 온다

수년째 꽃을 보여주지 않는 연밭

까치발로 꽃을 찾던 눈들이
연꽃이 필 것을 고대하며 동전을 던진다

외로운 계절일수록 번성하는 축제
기다리면 꽃은 오는 걸까

눈에만 보이는 꽃은 눈에만 핀다는데
나부끼는 초록 물결은 꽃의 허상일까

가부좌를 틀고 있던 묵음
뿌리 밑바닥까지 생각을 끌어내린다

먼저 당도한 바람이 수심을 짚어본다
물결이 이는 것은
어디쯤 오고 있을 꽃들에게 바람이 보내는 수신호

타임캡슐로 묻혀 있던 동전들이
물비늘을 털어내며 꽃잎을 맞이한다

누구는 볼 수 있고 누구에게는 보이지 않는
침묵의 시간을 거슬러 오는 꽃

무성한 소문이 잠든 사이

대궁마다 둥근 발자국 환하게 매달고
꽃이 오고 있다

벌레 일기 1
─문간방

비어 있던 방이 냉골이다

바닥에 먼지가 몽글몽글 뭉쳐 있다

이불을 말고 엎드리니

길고 까만 벌레가 먼지 산을 피해 가다

머리를 쳐들고 노려본다

저리 가, 바닥을 두드리자

멈칫하다가 다시 다가온다

저리 가라고, 함께 밤을 새울 작정이니

사라지라고 제발

소리를 지르자 그제야 슬금슬금 멀어진다

긴 몸뚱이가 지나간 자리에

뒤척이던 잠이 벌레처럼 웅크리고 앉아

물끄러미 쳐다본다

눈빛이 딱 돈벌레다

어쩌다 그런 이름을 가졌다니

뭐라고 해야 할 것 같은데

해줄 말이 생각나지 않는다

등신아, 너는 또 왜 왔니
한숨 쉬는 가슴을 보듬으니
문득 등이 시리다
안방에서 멀고 먼 문간방
잠들 기미가 없는 벌레들이
밤새 스멀거리는

벌레 일기 2

─먼지

어두컴컴한 거기서 뭐 하세요

뒹굴뒹굴 지낼만하신가요

구름처럼 뭉쳐 있어 외롭지 않겠습니다

냉골에서 벌레들과 밤을 새우며

떨고 있는 나는 그러니까

벌레보다 못한 먼지입니까

잔뜩 찌푸린 먹구름입니까

냉기에 돌돌 말린 미라가 되어

아침 밥상에 꽁꽁 언 애벌레를

한숨에 푹 젖은 구름을

보송보송 구워 올리겠습니다

킥킥거리며 벌레를

아니 구름의 살점을 뜯는 그네들에게

밤새 뒤척이던 눈꺼풀 한 접시

후식으로 올리겠습니다

울음을 우물거리며 맛있게 킥킥킥

냉기에 잠들지 못한 꿈도 드시겠습니까

웃음 속을 떠다니며
끄윽, 홀로 어둠을 견디는 소리
환청이 동터 오고 있습니다

벌개미취

돌아오지 못할 피붙이를
보라의 늪에 묻고 덤벙거리다
여자는 꽃에게 꽃이냐고 물었다
죽어서도 사라지지 않는 이명은
어린 숨소리에 닿기 위해 손을 뻗는다
어둠이 수직으로 꽂히는 가슴에
메아리도 되지 못하는 절벽이 뿌리를 내린다
말간 오후
조막손이 남기고 간 화관을 쓰고
먼 산 하늘거리는 몸짓을 베어 문 눈빛
자장가 후렴구처럼
어쩌다 뒤로 가는 법만 읽힌 여자
꽃잎에 동여맨 울음이 통증으로 일렁이다
벌판 가득 아장아장 걸어오는데
아이 떠나간 자리 셋 둘 하나
벌개미취 옹알옹알 돋아나는데

바라보는 사이

잡화상 앞에서 눈길을 끄는 꽃무늬 턱받이
손에 힘이 없어 숟가락을 놓치곤 하던
그의 모습이 꽃대궁처럼 아른거린다
라탄 바구니에 담겼던 앞받이를 받아들자
봄볕에 젖은 팔랑나비가 된다
남편과 마주 앉은 식사 시간
턱받이를 두르는 동안 죽이 먹기 좋게 식었다
혈액암 말기인 그가
주르륵 웃음을 흘리며 서툰 숟가락질을 한다
중심을 잃은 손이 숟가락을 놓치고
서로를 바라보는 사이
젖은 앞가슴에서 선명하게 돋아나는 꽃무늬
빨아 놓은 턱받이가 보송보송 마르는 저녁
꽃대궁이 되고 꽃받침이 되어
서로에게 따뜻한 턱받이가 된다

쑥국새가 우는 저녁

쑥국을 먹고 있으면 쑥국새가 울던 밤
길녀 언니는 보퉁이 하나 들고 담을 넘은 뒤 소식
이 끊겼다
봉택이 아재는 어미 없는 어린 새끼들을 떼어놓고
돈 벌러 가서 오지 않았다

둘이서 살림을 차렸다는 풍문이 마을 어귀까지 흘
러들었다
소문이 소문을 낳은 것처럼 그렇게 잘 사는 줄 알
았는데

잠결에 부엌에서 도란거리는 소리가 들렸다
새벽에 누가 왔었냐고 밥상 앞에서 할머니한테 물
었다

길녀 고것이 날만 궂으면 나타났다 사라져 버리는
것이

아무래도 지 정신이 아닌가 벼
봉택이 아재는?
몰러 죽었는지 살았는지 그넘 애기는 꺼내지도
마라
큰딸 애자가 동생을 업고 젖동냥 다니는디
가슴 아파서 눈뜨고 못 본당게

비 오는 날이면 길녀 언니가 부엌으로 기어들었다
옷자락에 도꼬마리가 수북한 채로
머리는 수세미가 되어 아궁이에 몸을 말리고 갔다
할머니는 밥과 따뜻한 숭늉을 내놓으며
제발 정신 차리라고 몇 번이고 당부했다

자귀나무가 제 생을 빗질하며
잎사귀를 몽땅 버리던 그해
길녀 언니는 빈 축사 북데기 속에서 발견되었다
쑥국새가 우는 저녁이었다

헬로

천 개의 목소리로 새를 노래하는
나는 이미 죽은 아이
온몸에 돋아난 상처를 딛고 일어서는
나는 노랑머리 새

태어나자마자 윗목에서 죽고
젖동냥 종지에 허기져 죽고
개구리 뒷다리로 연명하다
간성혼수에 빠져 죽고
돌아오지 않는 어미 기다리며 죽고 죽다가

몇 계절을 건너
무덤 속 서늘한 기억 풀어놓으면
암모니아 냄새로 캉캉거리는
갈대숲 마른 잎들이 짖어대는 밤
포복의 자세로 더 높게 울어야 하는
나는 두승산* 호랑이도 안 물어 갈

질기디질긴 아이

온기 채 묻혀 아직도 울음이 식지 않은
천만 번을 죽고도 다시 살아야 하는
나는 아직 못 죽은 아이
나는 이미 죽은 노랑머리 새

* 정읍 서쪽에 위치한 산

허들링*

종일 눈비 내려 마음이 짓무른 날
쪽파를 다듬으며 다큐멘터리를 본다

남극의 황제펭귄들이 극한의 추위 속에서
둥글게 무리 지어 서 있다
아기 펭귄을 품은 어미들이 번갈아 가며
울타리를 만들어 체온을 지켜준다

파를 세상에 내보내는 일도 그와 같아
바깥쪽은 줄기도 입도 실한데
안쪽으로 갈수록 작고 약한 것들이 옹송그리고
있다

어린것들을 위한 어미의 본능일까
파를 묶은 자상한 손길에서 온기가 느껴진다
든든한 보호막을 원하면서도
누구의 버팀목이 되어준 적 없는 나는

아장아장 펭귄의 뒤를 쫓아가던 눈길을 거두고
만다

영하 50도 눈보라 속의 생존 방식을 보며
쪽파를 다듬던 손을 멈추고
고개 떨 군 펭귄 한 마리

웅크린 가슴에 질척질척 진눈깨비 내린다

* 둥글게 모여서 한쪽으로 천천히 움직이며 서로의 위치를 바
꾸는 법

기도하는 발

─미얀마 사태를 보며

굵고 미세한 핏줄이 길처럼 얽혀 뻗어간다
발바닥을 오래 들여다보면
바닥과 발이 한 몸이라는 걸 알 수 있다

연기가 스멀스멀 앞을 가린다
머지않은 곳에서 총성이 울리고
어린아이 비명이 가슴을 후빈다
어미의 절규가 허공을 찢고 노을로 번져간다

핏자국으로 얼룩진 발들이 뒤엉켜 무너지는데
정부군은 울음이 들리지 않는지
고고 외치며 찌르고 뭉개고 짓밟는다

포성 앞에 무릎 꿇은 수녀의 발이
하늘로 들려 있다
암울한 날들을 지문으로 기록한 발이
민낯으로 기도 중이다

절망이 소용돌이치는 거리

통곡이 랜선을 타고 열방을 적신다

램프 증후군

톡톡, 메시지가 도착했습니다
별일 없지? 무탈해야 해

　지니, 무탈하기 위해 무엇을 먹을까 생선조림과 따뜻한 밥을 지어먹을까 지니, 근데 저 압력솥은 밥을 무사히 해낼 수 있을까 팥을 삶다 튀어 오른 검붉은 팥물이 천장에서 헤죽헤죽 흘러내린 적 있지 집 안이 온통 전쟁터로 변해버린 기억이 비릿한 냄새로 스멀거려 밥을 안치던 손을 멈춘다 목에 가시라도 걸리는 날이면… 무탈해야 하므로 머릿속 생선조림도 지운다 햇반을 데우는 일이 냉장고 속처럼 어수선하다 창 너머 목련을 올려다본다 꽃잎에 햇살이 다발로 부서지는데 지니, 나갈까 아니야 머지않아 닥쳐올 하얀 몰락, 밖은 위험해 지니, 무탈하기 위해 무엇을 할까 꾸역꾸역 램프 속 지니를 부르며 이불속으로 몸을 구겨 넣는다

아무 일 없어 근심인 봄날

톡톡, 방금 램프를 열고 걱정 하나가 도착했습니다

사막화

메마른 땅
한 줌 남은 오아시스마저도
조금씩 사막이 되어가는 그곳에는
기념일 같은 건 자라지 않는다
체납고지서 같은 기념일이
어쩌다 방울뱀처럼 고개를 들면
모래의 전생 소금답게
그런 게 별날 이냐, 새삼스럽다는 둥
은근슬쩍 또 눙치고 말겠다는 저 속셈
사막에 갇혀 사막 여행을 꿈꾸며
그를 위해 밥을 짓고
잠시 붉은여우로 낄낄거리다
또다시 전갈이 되고 마는
바람 한 점 없는 저놈의 지루한 모래 산을
확 날려버리고 싶은데
그도 독으로 무장한 내 몸을 물어뜯고 싶었는지
입에서 버걱버걱 모래 씹는 소리가 들린다

외출

입원 중인 그가 병원 근처 공원에 나왔다
휠체어에 기대 반쯤 기울어진 몸으로
사탕을 굴리듯 햇살을 오물거린다
밖이 그리웠다고 하늘을 보며 찡긋 웃는데
직박구리 한 마리가 빠르게 스쳐 간다
근육이 빠져나간 다리가 간신히 일어선다
민들레꽃이 빙글빙글 돈다
어렵게 중심을 잡은 눈빛이 두리번거리다
휘청, 허공에 헛손질을 한다
하루가 빨리도 지나가네
백양나무 그림자를 밟고 그가 중얼거리는 사이
노루 꼬리만큼 남은 해가
미끄러지듯 노을 속으로 사라진다
비틀거리던 걸음이
잡으려던 것을 놓쳐버린 듯 우두커니 서 있다

오브제

좀도리 쌀을 모아 오일장에 다녀온
어머니 품에 들꽃 무늬 접시가 안겨 왔다

보물처럼 차곡차곡 궤짝에 들어앉은 접시들

아침저녁으로 매만지며
꽃을 가꾸듯 윤기 나는 눈빛과 마주친다

손길이 닿을수록 그릇은 빛이 나고
어머니 앞치마가 젖어 지내는 동안
둥지 속 봉오리들은 바깥을 향해 서성거렸다

꽃잎 펴고 훨훨 하나둘 떠난 자리
근심처럼 적막이 깊다

쨍그랑, 하루에도 몇 번씩 적막을 깨는 소리
덩그러니 앉아 가슴을 쓸어내리다가도

핏줄이 손님처럼 찾아드는 날이면
어머니 환한 마음 소복하게 담아낸다

홍매화 톡톡 불거지던 날
속에 것 다 내어주고
주저앉을 것 같은 궤짝이
빈집 같은 동그란 등을 들여다본다

마주 보고 눈물 그렁그렁
소쩍새 울어댄다

랜덤

신호 대기 중인데 누가 언니, 하고 부른다 주름진 눈빛들이 휙 돌아본다 아름다움을 홍보하며 미소를 보내는 그녀들, 저렴한 가격에 젊어질 수 있다며 전단과 샘플을 나눠준다 마지막 기회라는 말에 횡단보도에서 슬그머니 발을 뺀다 그녀들의 입담이 풍선처럼 팽팽하고 늙수그레한 마음들은 빨간 스쿠터 클랙슨 소리처럼 설렌다 무더기로 젊어지고 저렴해지는 오후, 누구는 연락처를 남기고 또 누구는 그림자처럼 서서 젊어지기를 기다리는데, 파란불은 언제 켜지는 거야 중얼거리는 동안 부풀던 가슴이 사라지고 설레던 소리도 들리지 않는

제3부

환형의 시간

검은 배

고향 빈집을 찾았을 때
마루 밑에서 아무렇게나 나뒹굴던 검정 고무신

밤이면 헐렁해진
아버지의 고무신을 끌고 다니며
채마밭 귀퉁이에 오줌을 누곤 했다
찔끔거리던 오줌이 신발 속으로 파고들어도
이웃집 셰퍼드가 칠흑처럼 캉캉거려도
오줌에 젖은 발이
신기하게 포근했다, 무섭지 않았다

아버지의 발자국만 따라갔다
흔들리며 굽어가는 등을 보고
이유도 모른 채, 뒤뚱뒤뚱 뒤를 따랐다
그렇게 아버지는 똥오줌을 받아내며
우리의 영토를 다져놓고
평생 한 번뿐인 여행을 떠나는데

그 여행길에 구두 한 켤레 준비하지 못했다

오종종히 화인처럼 찍힌 상처 위로
말없이 먼지를 뒤집어쓴 저 빈 배
늘 삐걱거리던 노는 멈추었고
꿈꾸듯 망초꽃 출렁이는 긴 강을 건너고 있다

애인이 있었다지

하릴없이 햇살 경전이나 훔치던 그가 슬그머니 사
라졌다 봄볕이 굼실굼실 사내 옆구리를 꾀어냈겠지
홀린 듯 따라나선 사내 시앙골* 밭두렁 어린 이파리
들을 살살 깨웠겠지 막 눈뜬 냉이 고것이 얼마나 놀
랐겠어 파랗게 질려 땅속으로 다시 기어들어 가고 싶
었겠지 희멀건 아랫도리를 감추고 냉랭하게 굴었겠
지 그 모습이 환장하게 예뻐 덥석 덮쳤겠지 그렇다고
쉽게 무너질 냉이가 아니지 꽃이 되었다 잎이 되었다
엎치락뒤치락 들판을 흔들어 놓았겠지 여자가 뒤집
어 보지 못한 사내를 냉이 고것이 단숨에 뒤집었겠지
까맣게 그을린 사내 모습이 영락없는 산적인데 흙구
덩이가 된 그를 냉이가 살랑살랑 끼고 오는데, 까르
륵 멧비둘기 날자 보리뱅이 뿌리째 흔들리고 산수유
꽃망울 팡팡 터지는데

* 전북 정읍시 덕천면에 있는 들녘

66

환형의 시간

수직으로 곤두박질하던 페인트 방울
창에 닿아 지렁이 한 마리 그려놓는다

미끄러지기 쉬운 시간을 잡고
꿈틀거리며 촉수를 뻗어간다

무심코 스치던 것을 품어주어
흔들리지 않게 붙잡아주는 투명한 벽

벼랑에서 빠져나온 어떤 이의 생은
이제 떨어져도 죽지 않겠다

말랑했던 몸이 굳어가는
서너 마디쯤 구부린 환형의 시간

유리에 전시된 미라 한 마리
배밀이하던 한 생이 꾸덕꾸덕 말라간다

싱크홀

허방 하나가 엑스레이에 걸려들었다
원시림이 빼곡한 정글 숲 한복판
파란 물고기가 헤엄치는
갈비뼈 아래 오백 원짜리 동전만 한 그곳

블루홀을 처음 본
바누아투 부족의 마음이 그랬을까
하늘이 쏟아졌다!
그들의 외침에 놀라 땅도 꺼졌다는

전설을 간직한 비밀 호수는
언제부터 내 몸에 둥지를 틀었을까
발을 헛디딜 때마다 아찔한 비명이
흔적 없이 빨려 들어가던 아가리
동굴처럼 캄캄한데

경계를 늦추지 마라며 거듭 당부하는 소리

누군가 안갯속을 서성이며
죽음을 기웃거리는지
물안개 너머 한숨이 부글거린다

발을 헛디뎌 허방에 빠진 생 하나
몇 번이고 휘돌아 치다 침몰 중이다

아버지가 익어간다

허수아비 얼굴이 까맣다
속이 타들어 간 흔적일까

밭고랑 사이 풀들이 가을볕을 물고 있다
초록이던 메뚜기 누렇게 익어간다

물든다는 건 익는다는 것
익는다는 건 물든다는 것

태양을 우러르며 곰곰이 익어가는 해바라기
벼들이 고개 숙이고 메뚜기 숨소리를 읽는다

시간은 풀들을 한껏 구부리며 어둑해진다

아비 속을 태우며
구름처럼 몰려다니던 부리들
그들도 누구에게는 부양가족이었을까

익지도 물들지도 못한 노랑 턱을 가진 부리 하나가
길섶에 우두커니 서 있다

각자의 방식으로 익어가는 계절

낡은 옷자락을 펄럭이며 들판의 아버지가 익어간다
톡톡, 풀씨가 익어가는 소리로 까맣게 물들고 있다

변방 마을

달빛 탱탱한 밤
쿡 찌르면 주르륵 쏟아져버릴 것 같아

퇴고할 하루와
또각또각 날 선 구두 굽 소리를 데리고
담쟁이에 파묻힌 오래된 담벼락을 지나고 있다
머지않아 애기똥풀 출렁거리는
수렁배미를 만날 수 있을 것이다

환삼덩굴 사이로 달빛을 괴고 앉아
문짝을 팔랑거리는 판잣집 몇 채
반도 더 기울어버린 할머니의 등이 도랑물 소리에
지긋이 나무 의자와 한 몸이 되어가는데

발정 난 수고양이
오래전 멈춰버린 철로 위를 느리게 눈빛 굴리고
있다

오랜 가뭄 끝에 해갈처럼 참깻잎 틔우는 소리
바람은 발목을 적실 만큼 차분했다

변방으로 밀려난 그곳은 사각이 아니었다
모난 것들이 떠밀려와 서로를 당기고 깨우며
둥글게 뿌리를 내리고 있었다
달맞이 꽃잎 따라 서투른 통기타 소리
아날로그식 개구리울음이
후미진 도시를 환하게 밝혀주고 있었다

표류기

쿨럭거리는 주인님, 바이러스에 노출되어 있습니다 알약에 드시겠습니까 지금부터 주인님을 안전하게 보호할 것입니다

몸살감기에 서랍에서 잠자던 알약 하나를 집어먹었다 무심코 삼킨 약이 내 속의 배 한 척을 침몰시키는지 몸이 삼등칸에 내던져진 짐짝이 된다 실시간의 공포가 천 길 나락에서 손짓하고 있다 보이지 않는 눈빛이 집요하게 쫓아다니는 바닷속 알약 한 알로 누군가 나를 감시한다 나를 지키려고 만든 암호 파놉티콘에 갇히고 말았다 저장된 기억으로 무사히 탈출할 수 있을까 서로의 암호를 풀지 못해 문밖에서 서성이는 일이 잦아지던 계절 통증은 통증을 낳고 암호는 죽어도 사랑이 아니라 했다 발이 시렸다 성능 업데이트 완료

생의 고열과 근육통에 쫓기는 주인님, 다시 한번 알

약의 치명적인 오류를 탐험해보지 않겠습니까

비는 오는데

비구름이 이마 위를 걸치고 있다
오월의 이파리들이 목이 타는 듯한 도시의 거리
밤은 멀었고 비는 오려고 하는데
coffee & tea
beer
wine
whiskey
그리고 "낮술 환영"
어떤가
비는 오는데, 이런 낭만과 마주치면
그대는 무슨 생각에 잠기는가
저 사랑스러운 것들이 조곤조곤 달려드는데
천진스럽게 따라붙는데
비는 오는데
피해 갈 수 있겠는가
잠시 화끈거려도 좋다
맥없이 끌려가자
비는 오는데

바람난 여자처럼 두리번거리지 말고
슬금슬금 마력의 동굴 속으로
늑대들이 득실거린다는 기대로
실오라기 한 점 걸치지 않은
마음이 먼저 기어든다
비는 오는데
엉뚱하게 부풀어가는 눈빛을
꿉꿉한 의자와 모둠 안주와
독한 위스키에 파묻고
한없이 누추해지자
반쯤 술에 고부라졌을 때
비는 오는데
옴므 파탈을 기다리는
악녀면 어떤가
허름한 옛 애인이라도 불러
창밖의 이파리들처럼 반짝반짝
몇 번이고 뒤집어지고 싶은
비는 오는데

생강나무 가지에 자동차 열쇠가 걸려 있다

가지에 앉은 벌새 같기도 하고
벌레 먹은 잎새로 보이기도 했다

일행 중 a는 신기하다는 듯 사진을 찍었다
b는 인간의 건망증에 관해 거창하게 얘기했다
c는 주인을 떠나 나뭇가지에 걸터앉아 쉬고 있는
자세에 의미를 부여하기도 했다

어쩌다 여기에 머무르게 되었을까
속도에 밀려 속도에 뭉개졌던 삶에서 벗어나
나무 그늘에서 쉬고 있는 열쇠
속도를 접고 싶었을까

산을 오르내리는 동안
바람의 방향과 바람의 세기와
바람의 각도를 가늠하며
가지를 붙잡고 지냈을 열쇠

누군가를 기다렸던 하루가 저문다
숲이 잠든 사이에도 기다리던 이는 오지 않는다
희미한 풀벌레 울음마저 끊긴 밤이
느린 속도로 잠든다

막내둥이

나방이 나타났다
파리채를 들고 가만가만 뒤를 쫓는다

나방은 파리가 아니라는 듯 방과 방 사이에서 잠시
사라졌다가 다시 나타났다 다음날도 또 다음날도 나
방의 춤사위가 계속되었다 거실은 안방을 들여다보
고 안방은 주방을, 주방은 입 꾹 닫은 냉장고 뒤를 의
심했다 냉장고는 다시 거실 구석에 있는 행운목을 바
라보았다 남편이 행운목을 베란다로 보내고 에프킬
라를 준비했다 나방이 다시 나타나자 방에 있던 아이
들이 가세해 사방에 약을 뿌렸다 그때 여기 여기요 큰
아이가 가리키는 쪽으로 가족이 모여들었다 그런데
나방은 감쪽같이 사라져 버리고 그 자리에 양팔을 벌
린 막내둥이가 사진 속에서 팔랑팔랑 날고 있었다 나
방을 쫓던 눈빛들이 순간 멈칫했다

막내가 우리 집의 나방이었을까

서로를 바라보며 방으로 돌아간 후 나방은 다시 나
타나지 않았다

도사리*

남자는 망초를 뒤따라가던 여자는
노란 고들빼기 꽃 한 줌을 준비한다

자두나무 아래 검불을 걷어내자
손바닥만 한 돌 위에 새겨진 이름 석 자

서른여섯에 멈춘
짧게 요약된 생 위에 들꽃이 놓였다

아들, 오랜만이네
잘 지내지

남자가 조곤조곤 말문을 연다

남자가 먼 산을 바라보는 동안
여자는 햇살을 등지고
울음을 견디며 잡초를 뽑는다

뻐뻐꾸—욱 뻐뻐꾸—욱
만남을 반기듯
산허리를 흘러내리는 소리

먼저 간 자식 앞에서
치밀어 오르는 속내를 꾸욱 밀어 넣는다

돌아가는 발자국마다 울음이 고이는
풀숲에 숨어 있던 푸릇한 자두 알이
자꾸만 눈에 밟히는

* 과실이 자라는 도중에 떨어진 것

언니

신도림역을 지나고 있는데 핸드폰이 울린다 가방을 뒤적이는 동안 전화가 끊긴다 다시 벨이 울리고 여 여보세요 다급한 목소리가 들린다 언니 미안해서 어떡해요 뭐가? 언니 회사 동료 중에 코로나 확진자가… 시끄러워서 잘 안 들리는데? 회사에서 확진자가 나왔어요 그게 왜? 우리 만났잖아 만난 게 어째서? 언니 나 검사받아야 한대 잘 안 들려 나 검사받아야 한다고 그럼 받으면 되지 검사받고 2주 자가 격리래 전화가 왜 이러지? 언니 나 확진일 수도 있는데 전화가 이상해 언니 나 밖에도 못 나가 그럼 강아지는 어떡해 운동은 누가 시켜? 언니 지금 강아지가 중요한 게 아니야 질병관리본부에 전화해봐 강아지 운동은 시킬 수 있는지 집 앞 공원에는 데리고 갈 수 있는지 참 강아지 이름이 뭐였더라 아리 맞아 아리지 언니 나 검사해서 확진이면 어떡해 그러니까 아리 운동 어떡하느냐고 지금 아리 걱정할 때가 아니야 나 잘 안 들려 언니 우리 만났잖아 언제 만났지? 금요일에 만났잖아 금요일은 내일인데 다음 주에도 금요일이 있고 하여튼 잘 안 들리니까 다음에 통화해 강아지 운동 잘 시키고

의도론적 오류

배추와 무를 한 몸으로 뭉뚱그려
배추무로 한 방에 대박을 꿈꾸던 농부님

옹골찬 근육질의 뿌리에
메릴린 먼로의 치마폭 같은 달콤한 작품을 그리셨
는데
이섭게도 햇살은 늘 짧기만 했죠
밤낮으로 쏟아내던 땀방울을 몇 독씩이나 마시고도
결국 말라빠진 배추 꼬리에 우거지상으로 보답했
으니

딸 부잣집 아버지도 그날 밤
보름달 약주 발에 고추 사냥, 그 한 방을 노렸을 것
인데
난 남자가 되지 못하고 여자답지도 못했으니

당장 뽑아 버려

언제부터였을까

터널 안에 갇힌 나의 오류를 탐험하며

위험하게도 농부와 아버지의 비애를 통감 중이외다

복대 고래

생의 절반을 바닷물로 채운 아비의 이름은 복대
였다

무너진 허리가 바다를 들락거리는 동안
지느러미가 되어주던 보호대
새끼들은 숨 가쁘게 솟구치는 바닷속 흰 줄무늬를
보며
작살을 피할 수 있는 작은 집을 생각했다

저물도록 하루치의 노를 젓는 목울음
새끼들을 찾아 파도를 휘젓는 아비의 수신호다

허리춤에 종일 품고 다녔을 새끼들
아비의 허리를 파먹는 새끼들은
애물단지였다가 복대가 되기도 했다

아비의 그물은 더 큰 궁핍을 낚아왔다

물살을 거슬러 오르던 수평의 꼬리가
추진력을 잃고 술고래가 되어갔다
아비를 복대라 수군거리는 눈빛을 피해 다녔다

굽은 허리를 유유히 헤엄쳐 가는 칼금을 본다
저 운명이 생과 사를 움켜쥐고 아비를 조종했을까
제 안의 상처를 눌러가며 달랬을 복대

절벽을 돌아온 바람에 몸을 말리는 지느러미
줄무늬 고래 한 마리가 바다 쪽으로 기울어져
파도가 잦아든 물속으로 언제든 뛰어들 자세다

회전초*

실뭉치가 굴러간다 표면적을 줄여 몸을 말리며 허공 속 덤불이 사막을 밀고 간다 암석과 부딪쳐도 혼절을 모르고 다시 일어선다 막 태어난 모래들이 고개를 넘는다 오아시스는 어디쯤일까 별빛이 희미하다 행성 하나가 어둠 속으로 미끄러진다 바닥에 엎드려 종족의 숨소리를 듣는다 웅크리고 앉은 이슬이 바람에 흩어진다 극지를 떠도는 생존전략일까 바람이 뿌리를 말아 올려 부유하던 씨앗들을 허공에 번식한다 가야 할 곳과 걸어온 길이 덤불 속에 갇혀 있다 사막의 지도로는 모래섬을 벗어날 수 없는 걸까 뭉치를 굴리며 사막이 사막을 건너고 있다

* 사막에서 볼 수 있는 뿌리 없는 목본 식물

제4부

민달팽이처럼

그는 모범생이 아니었다

구슬치기를 하다 헤어질 때
품에 든 구슬을 다 내어주며
먼지 한 올까지 비워냈다

누가 부르지 않아도 때가 되면
아이는 미련 없이 집으로 돌아갔다

열기로 들끓는 자리에서도
술잔을 내려놓으며 일어설 때를 알았다

여름 내내 병상을 지키던 그가
마지막으로 남긴 말

친구들아 잘 놀다 간다

먼 길 떠나려는 젖은 눈빛을 배웅한다
가야 할 때를 학습하며 준비한 그가

손을 슬그머니 놓으며 희미하게 웃는다

꿀밤 나무 그늘 아직 짱짱한데
더 놀다 가자고
조금만 더 놀다 가자고
옷자락을 잡아끌며 징징대는 사이
그가 그늘 속으로 사라졌다

저물녘 헤어졌다가
다음날 환한 얼굴로 만났던 것처럼
그렇게 우리 다시 볼 수 있을까

찬바람이 가슴을 쿡쿡 찔러댄다

앵두나무 옆구리

비 오는 날엔 몸에서 고약 냄새가 난다
옆구리 아찔한 그곳에 둥지를 튼 종기
긁어 부스럼을 만들어 화를 부추겼으니
뿌리에는 고약이 최고라 믿었는데
성깔이 남아 있던 곳에
총알만 한 과녁 한 그루 핀다
욱하고 살을 후벼 팔 때는
뱃속에서 우글거리는 소리가 난다
붉은 열매의 안부가 궁금할 때는
아무도 눈치채지 못한 늑골 사이
내가 나를 겨눈 흔적을 찾아 나선다
앵두나무 그늘을 서성이는
혈기로 들끓던 낯선 바람
비에 젖은 빨간 총알들이
기다렸다는 듯 팡팡 터진다
붉은 화약이 다 떨어지고 나서야
손끝이 무디어져 가는 초여름 오후

허공 한 바퀴 궁 글리며

앵두나무길 돌아 나온다

민달팽이처럼

가령 쥐들의 보폭을 '찍'이라 한다면

쥐 같은 것들
빠르고 얕게, 영혼은 빠뜨린 채
주마간산처럼
대충 앞서간다는 것인데

그런 세상인데

친자식을 두고도
아이를 셋씩이나 입양한 통 큰 친구
그 그릇의 크기 가늠하지 못하겠네
함부로 가늠할 일 아니네

세상일에는
관심 없는 우직한 황소처럼
아이들 웃음꽃에 묻혀

깊고 느리게 살아가네

앞서간다는 건
결국 먼저 사라질 뿐이라고

왕달개비처럼 포근한 그녀가
배시시 웃고 있는 아침

뚜벅뚜벅 내 보폭을 점검 중이다

새조개들

발목을 당기던 개흙을 바라보거나
모래 숲에서 모천을 그려내던 뭉툭한 부리
퇴화 이전의 날개를 생각하다
기억 속 깃털을 고르곤 했다
기필코 다시 날아야 한다는 조상의 특명일까
매캐한 화덕 위에서 수평으로 포복하는 몸짓
게워낸 갯벌을 뒤적이는 사이
그들은 허공을 찢고 비상한 지 오래
날개가 처음 본 건
곱사등이가 된 구름의 등뼈
구름의 전생인 빗방울에도 날개가 있었던가
날기 위한 것들의 숱한 변형을
천형이라고 생각한 적 없다
부화하는 울음은 날 수 없는 새의 부리
뻘밭에 잠자던 화석이거나 먹구름이거나
갯바람 술렁거리는 노을 속으로
새 떼의 울음이 까마득할 때가 있다

소리와 싸우다

엥 소리에 잠이 깼다 이불을 뒤집어쓰고 놈이 가까이 오기를 기다린다 놈은 이불속을 훤히 들여다보듯 얼굴을 헤집고 다니다 오른쪽 눈을 공략한다 놈을 피해 납작 엎드려 자세를 바꾸고 눈치를 살피는데 이번엔 왼쪽을 찾아 찌르기 시작한다 귓불에 가까이 오기를 기다리던 손을 눈치라도 챈 걸까, 불을 켜고 보니 놈은 사라지고 빨갛게 부푼 귓불만 남았다 불을 끄고 눈을 감는다 다시 소리가 가까워진다 소리를 찾아 더듬거린다 소리가 난 곳이 오른쪽이었는지 왼쪽이었는지 기억이 없다 깜깜한 귀로 소리를 듣기는 했을까 소리가 나는 몸에서 소리를 제거하면 어떤 모습일까 불만 켜면 감쪽같이 사라지는 소리, 어둠 속 이명에 쫓기는 밤

사랑을 수선하다

칠이 벗겨진 채
골방을 지키던 앉은뱅이 재봉틀
녹슨 시간을 닦아내고 기름칠을 하면
등 굽은 여인이 된다

잠에서 깨어보면 헤진 일상을 깁는 어머니
헐렁해진 허공 쪽으로 실패가 달아나거나
윗실과 밑실이 얽혀 꼬일 때
자분자분 이어지는 기도

덩치만 큰 아이들에게 자장가였으나
어머니는 우기를 지나고 있었다

올 풀린 사랑의 묘약은 수선이어서
저녁이면 아이들의 옷가지를 깁곤 했다

낡은 실밥을 떼 내고

구멍에 맞춰 천을 덧댄 뒤
빛을 당겨 늦은 밤까지 박음질하는 소리
한 땀 한 땀 나직하게 들려오는 말씀
가슴에 새기는 늦은 밤

한 호흡 사이에도 헐거워지는 꽃잎
저문 마음 흔들리지 않게 시침 핀으로 고정한다
어머니는 골방에서 성긴 보풀을 다독이며
눈물을 박아 죄를 수선했다

기도하며 잠들다 굳어버린 어머니 무덤에선
도로록 도로록 귀뚜라미가 재봉틀 소리로 울었다

오월 고뿔

커다란 눈에 먼 산을 들이고
한숨을 내뱉는 어미
숲으로 번지는 울부짖음을 들으며
얼른 뿔이 돋기를 기다려요
거짓말처럼 이마에 뿔이 돋으면
폐병쟁이 자식이라고 수군거리는
골목을 들이받고 싶어요
아버지 병시중으로 결석한 아이에게
화장실 청소를 시키던 선생님을
달걀귀신은 왜 안 물어 가는지
늦은 하굣길에
냄새나는 가난을 들이받으며
찔레꽃 무더기를 들이받고
어미가 사라진 허공을 들이받는데
콧잔등이 시큰하도록 노을이 내려요
온몸에 핀 멍꽃에 날아드는 부전나비
짓이겨진 날개로 상처를 어루만져요

촉촉한 입김 속으로 어미를 찾아가요
뒷산 묏등에 안긴 고뿔 든 송아지
미열에 흐느끼는 어스름 저녁
콜록콜록 붉은 하늘이 비틀거려요

울음을 박제하다

꽃을 꺾었는데 동박새 울음이 딸려왔다
화분을 이탈한 지렁이를
햇살이 무지렁이로 만든 것처럼
딸려온 울음을 어떻게 요리할까 궁리 중이다
심장을 꺼내고 들어가 앉아
부리의 혈통과 사상을 핥으며
동백꽃의 영혼까지 파먹어 볼까
불온한 밤
못에 박힌 울음이 말라가고 있다
매달린 꽃이 박쥐처럼 쏘아본다
날이 밝으면 저 박쥐 몇 마리
평원의 날짐승들에게 보시나 해야겠다
죽어서도 죽지 못하는 소리
꺾어온 울음이 시드는 날에는
잇몸이 헐고
이가 우수수 빠져나가는 꿈을 꾸었다
꾸역꾸역 통증이 밀려와도

웅크리고 앉아 부리를 벼린다
울음을 위한 번제
흥건한 피의 신음을 피해
제단에 들일 또 다른 울음을 찾아
어둠 속을 헤맨다

바람 출납부

마을 앞 사거리 은행나무 아래
하루도 거르지 않고 난전이 열린다

유모차에 실려 온 계란 한 판 찰보리 두어 되
팥 한 주발 서리태 몇 홉
대파 서너 뿌리, 상추와 쪼그라진 오이

계절 따라 두서없이 등장하는 곡물과 채소
오지랖만큼 장을 펼쳐놓은
노파의 굽은 허리를 나무 밑동이 받치고 있다

난전을 기웃거리던 비둘기들이
봉지를 쪼며 품목별 단가를 점치고 있다

아이처럼 앉아 있던 노파가 말을 건넨다
새댁, 가져다 먹어
노파가 손수 기른 못난이 오이를 내밀며 웃는다

노파 곁에서 입출금을 기록하는 바람
막 물들기 시작한 은행잎이
몰려왔다 몰려가며 작성 일자를 확인한다

더하기가 없는 노파의 셈법은 늘 제로

금세 홀가분해진 유모차가
그늘 속으로 노파를 밀고 간다

사랑 그리기

나만의 장미를 꿈꾸며
밤늦도록 스케치북 가득 꽃잎을 채운다
아침에 펼쳐보면 피지 못한 봉오리들이 엉켜
곰보빵처럼 수북이 부풀고 있었다
일그러진 꽃잎이 무슨 말인가를 할 것처럼
눈을 치켜뜨고 쳐다보는데
바닥에서 벙긋거리는 꽃을 보고도
속내를 헤아리지 못해 손끝만 바라본다
세심한 손길이 필요한 꽃술의 중심부
선 하나에 가슴 졸이던 시간이 움찔거린다
움츠린 시간을 한 장씩 매만지면
활짝 웃을 것으로 생각했는데
짓이겨진 모습으로 시시각각 달라지는 표정
그 순간마다 봉오리는 어떤 마음이었는지
브러시를 든 채 어느 부분에 골몰할지 몰라
다시 이해하는 법부터 익혀야 했다
몇 날을 새워야 꽃이 보일까

어둑새벽 장미를 찾아
설원에 남겨진 발자국처럼
뚜벅뚜벅 붓끝을 따라간다

눈사람 말씀

밤사이 세상을 바꿔 놓은 눈
아무도 가지 않은 길을 푹푹 빠져가며
혼자서 읊조리는 윗사람 눈사람

새들이 소식을 물어 나르는 동안
쥐똥나무를 점령한 폭설 아래
맥분농 가는 잎들이 깔려 신음한다

조막손이 빚어놓은 작은 눈사람
코는 내려앉아 납작하고 입은 삐뚤어져
머지않아 흔적 없이 사라질 허상

누군가는 허리 굽혀 주술처럼 모시리
가볍게 흩날리는 주문을 받아 들고
몸을 불려 완장처럼 휘두르리

눈사람이 눈사람을 낳고 혁명을 낳고

말씀의 깃발 포성처럼 펄럭이며

눈발이 뭉치가 될 때까지 호령하리

얼굴을 묻고

세밑 한파가 사나운 소리로 창문을 흔들어댄다
문을 걸어 잠그고 베란다 식물을 살피는데
어느 틈에 냉기가 스며들었을까
행운목 잎이 늘어지고
제라늄이 몽우리를 매단 채 얼어 있다
예상하지 못한 죽음과 맞닥뜨린 날
허한 가슴으로 찾은 부평역 모퉁이 삭은 국밥집
찬 기운을 말아 훌훌 속을 적시는데
노숙인이 박스 한 장에 몸을 의지한 채
누워 있던 모습이 국밥 위로 어른거린다
신문 한 장으로 얼굴을 덮고
콘크리트 날바닥에 누워
눈빛마저 꽁꽁 얼어버린 남자
순가락질을 멈추고 잠시 눈을 감는다
신문 한 장 챙겨주지 못해 죽어 나간 잎들
종이 한 장만한 간절함으로
자꾸 달아나려는 온기를 잡고 싶은 남자

나는 냉기를 몰고 다니며 속없이 국물을 들이마
셨다
국물에 쫓기듯 빠져나간 냉기는
또 어느 눈빛을 얼리고 있을까
떠나간 이파리들의 신음이 뱃속에서 우글거린다
눈물 감추기 좋은 계절
새순처럼 뻗어오는 햇살에 얼굴을 묻는다

수상한 동거

잎이 타들어 가는 가뭄에도
일가를 이루고 있는 굵은 감자알들

어쩌다 여물지 못한 것들은
뿌리에서 떨어지지 않겠다는 듯
쭈그러진 어미를 꽉 물고 있다

종종거리는 새끼들을 매달고
쉴 틈도 없이 고단했을 어미
놓지 못하는 쪽은 어미일까, 자식일까

땅 밑 캥거루족이 서식하는 수상한 감자밭
시푸른 줄기를 헤치고 가만가만 밭고랑에 든다

순한 잎들이 늙지도 못하고
혹은 크지도 못해
허공을 향해 꽃대궁 쑥쑥 올린다

자줏빛 울혈이 번지는 하지 무렵
다독다독 꽃의 거품을 걷어내며
나는 저 고랑 어디쯤에서
잘 썩어가고 있는 것인가

콩나물 가족

한바탕 말씀이 지나간 뒤 고요를 가장한 침묵, 그곳엔 볕이 들지 않아 내일이 보이지 않아요 적당한 습도는 우울을 번식하기에 적합하죠 우기가 지나면 푸른 벌판을 떠올리기에 안성맞춤이고요 시큼한 어둠 속을 가만히 들여다보면 방금 눈 뜬 외침이 들려요 빈혈을 앓는 대궁이 벽에 기대고 있어요 계속되는 멀미에 어제는 목이 부러지고 오늘은 주저앉을 것만 같아 불안을 잡고 버텨야 해요 내일을 기다릴 안락한 노래가 필요해요 모두 잠든 밤에는 소파에 묻혀 감정을 추스르는 법을 궁리하며 화면 속 후끈한 일탈을 넘보기도 하죠 새벽이 오기도 전에 폐소공포에 눌려 뿌리가 내리지 않아요 외발로도 쑥쑥 자라던 생각이 어쩐 일인지 무릎 아래서 꺾이고 말아요 밤낮으로 쏟아지는 달콤한 말씀들, 울음을 부추기는 입김이 스멀스멀 달팽이관으로 기어들어요 검은 보자기 속으로 사라진 가슴들이 소음을 빠져나온 아침, 서로의 허한 속 한 사발을 후루룩 들이마셔

야 비로소 어우러지는 방, 꺾인 기억들이 아무렇지
도 않게 자폐를 일삼는

환상통

무심한 날
무심코 신발장을 열었을 뿐인데
옹송그린 구두 한 켤레 따라붙는다
작고 낯선 꽃무늬
언제 적일까
잠시 신다가 벗어둔 청춘
꽃 핀 적 있었나
저 꽃신 누비던 구석구석은 다 안녕하신지
돌부리에 걸려 짓이겨진 흔적
추락 끝에는 폭신폭신한 꽃밭이었지
그대로 떠나버려도 좋을
햇살이 흐를 때까지
풋풋한 잎들은 우리에게 키스를 퍼부었어
적막한 집, 주인은 어디 가셨나
덤불 길 지나 숲속 작은 도랑으로 돌아가
가재 몇 마리 품고 있는가
내 몸 어디쯤에서
저벅저벅 가끔 나를 부르는 소리

해설

무거운 그러나 따뜻한

황정산(시인, 문학평론가)

1. 들어가며

　사람들은 가벼운 것을 좋아한다. 가벼운 것은 우리를 억압하지 않기 때문이다. 특히 이 가벼움은 지금 시대 우리 문화의 대세로 자리 잡고 있기까지 하다. 사람들은 가치나 책임이나 인간의 도리 같은 무거운 것보다는 가벼운 위안과 쾌락을 좇고, 거기에서 삶의 무게로부터 벗어난 자유를 구한다. 그런데 생각해 보면, 사람들이 이렇게 가벼운 것을 선호하는 이유는 우리의 삶이 많은 무게들로 억압을 받고 있기 때문이다. 가난과 병마와 같은 삶의 고통은 물론 복잡한 현대사회에서 다양한 사회조직과 인간관계에서 오는 무거움도 무시할 수 없다. 그래서 사람들은 가벼운 쾌락에 쉽게 몸을 던진다. 가벼움을 느끼기 위해 금방 돌아와 자기의 무거운 짐을 부려야 하는 것을 뻔히 알면서도 여행을 떠나고, 소비를 통해 자유로운 욕망 충족을 구가한다.

하지만 완벽한 가벼움에 도달한 삶을 상상하기 힘들다. 우화등선하는 신선이 되지 않는 한 삶의 무게를 우리는 완전히 벗어날 수 없다. 자유로운 욕망에 가볍게 몸을 맡기더라도 더 커진 욕망의 결핍만이 더 큰 억압으로 우리를 옥죄어 올 것이다. 또한, 모두가 가벼움만 추구하는 사회는 만인의 욕망이 서로에게 폭력이 되는 지옥으로 변하게 될 것이 자명한 일이다.

좀 더 현명한 삶의 방식은 우리 앞에 놓인 삶의 무게를 받아들이고 그것을 견디는 힘을 기르는 것이다. 김해리의 이 시집의 시들은 우리로 하여금 이 무게를 견디는 힘이 무엇인지 생각할 수 있게 만들어 준다.

2. 땅의 무게를 견디는 생명의 힘

땅은 가벼움과 반대되는 이미지를 가지고 있다. 움직일 수도 없고 옮길 수도 없는 땅은 그 자체가 커다란 무게이기도 할 뿐 아니라 땅을 둘러싸고 이루어진 많은 분쟁과 전쟁은 땅 자체가 인간의 역사에 커다란 고통과 억압의 무게를 가져온 배경이 되기도 하다. 또한, 인간은 이 땅이라는 영토에 붙잡힌 존재라는 점에서 땅은 억압의 근본 원인이기도 하다. 그럼에도 불구하고 인간을 포함한 모든 생명은 이 땅이 없이는 존재할 수 없다는 아이러니한 상황을 벗어날 수 없다.

천 개의 목소리로 새를 노래하는
나는 이미 죽은 아이
온몸에 돋아난 상처를 딛고 일어서는
나는 노랑머리 새

태어나자마자 윗목에서 죽고
젖동냥 종지에 허기져 죽고
개구리 뒷다리로 연명하다
간성혼수에 빠져 죽고
돌아오지 않는 어미 기다리며 죽고 죽다가

몇 계절을 건너
무덤 속 서늘한 기억 풀어놓으면

암모니아 냄새로 캉캉거리는

갈대숲 마른 잎들이 짖어대는 밤

포복의 자세로 더 높게 울어야 하는

나는 두승산 호랑이도 안 물어 갈

질기디질긴 아이

온기 채 묻혀 아직도 울음이 식지 않은

천만 번을 죽고도 다시 살아야 하는

나는 아직 못 죽은 아이

나는 이미 죽은 노랑머리 새

―「헬로」 전문

   이 시는 시인인 자신을 돌아보는 자화상 같은 작품
이다. 시 안의 화자는 새가 되고 싶어 한다. 아니 그보
다는 새의 목소리를 흉내 내고 싶어 한다. 새의 자유
를 꿈꾸기 때문이고 땅에서 벗어나고 싶기 때문이다.
하지만 그러한 소망은 실현될 수가 없다. 지상에서 겪
은 외로움과 가난과 같은 슬픔과 고통이 너무 질기디
질기게 화자를 붙들고 있기 때문이다. 시인으로서의
화자는 "천 개의 목소리로 새를 노래하지만" 자신이
노래한 시는 하늘에 가닿지 못하고 이 땅에 낮게 엎드

려 "포복의 자세로 더 높게 울어야 하는" 운명을 벗어
날 수 없다. 땅에서 태어난 자신은 결국 죽어서라도
"온기 채 묻혀 아직도 울음이 식지 않은" 노래를 해야
하는 땅에 붙잡힌 존재이기 때문이리라. 지상의 영토
에 갇혀서 하늘의 노래를 해야 하는 시인의 숙명을 이
렇게 비장하게 보여준 시는 일찍이 없었던 것 같다.

메마른 땅
한 줌 남은 오아시스마저도
조금씩 사막이 되어가는 그곳에는
기념일 같은 건 자라지 않는다
체납고지서 같은 기념일이
어쩌다 방울뱀처럼 고개를 들면
모래의 전생 소금답게
그런 게 별날 이냐, 새삼스럽다는 둥
은근슬쩍 또 눙치고 말겠다는 저 속셈
사막에 갇혀 사막 여행을 꿈꾸며
그를 위해 밥을 짓고
잠시 붉은여우로 낄낄거리다
또다시 전갈이 되고 마는
바람 한 점 없는 저놈의 지루한 모래 산을

확 날려버리고 싶은데

그도 독으로 무장한 내 몸을 물어뜯고 싶었는지

입에서 버걱버걱 모래 씹는 소리가 들린다

—「사막화」전문

　지상의 고통이 가장 극한적으로 나타나는 곳은 바로 사막이다. 땅 중에서 가장 가혹한 땅이기 때문이다. 그런데 시인에게 세상은 온통 사막이다. 그것을 가장 극적으로 표현해주는 것이 바로 "사막에 갇혀 사막 여행을 꿈"꾼다는 구절이다. 사막으로서의 현실을 벗어나 여행을 꿈꾸거나 실행하지만 결국 어디를 가도 사막으로서의 지상을 벗어날 수는 없다. "그를 위해 밥을 짓는" 안온한 가정 안에서도 사막의 "붉은 여우로 낄낄거리다 / 또다시 전갈이 되고마는" 간교함과 잔인함으로 버텨야 한다. 삶의 무게를 감내해야 하고 그 무게 때문에 어디로도 벗어날 수 없게 만드는 지상에서의 우리들의 생존은 이렇듯 "모래 씹는 소리가 들리"는 가혹한 것이다.

　김해리 시인이 시를 쓰는 이유는 바로 이 무게를 벗어나기 위해서일 것이다. 하지만 시인은 이 땅의 무게로부터 도피하는 초월을 꿈꾸거나, 환상에 숨어 정신적 승리로 자위하지 않는다. 땅의 무게를 온몸으로 받아들여 거기에 새로운 생명을 키우는 것으로 그 고통을 견디며 극복하고자 한다. 다음 시가 이것을 잘 보여 준다.

실뭉치가 굴러간다 표면적을 줄여 몸을 말리며 허공 속 덤불이 사막을 밀고 간다 암석과 부딪쳐도 혼절을 모르고 다시 일어선다 막 태어난 모래들이 고개를 넘는다 오아시스는 어디쯤일까 별빛이 희미하다 행성 하나가 어둠 속으로 미끄러진다 바닥에 엎드려 종족의 숨소리를 듣는다 웅크리고 앉은 이슬이 바람에 흩어진다 모래바람이 뿌리를 말아 올려 부유하던 씨앗들을 번식하기 시작한다 극지를 떠도는 생존전략일까 가야 할 곳과 걸어온 길이 덤불 속에 있다 사막의 지도는 사막을 벗어날 수 없다 뭉치를 굴리며 사막이 사막을 건너고 있다

—「회전초」 전문

시의 제목이며 제재이기도 한 회전초는 사막에서 볼 수 있는 뿌리 없는 식물이다. 땅 위를 굴러다니며 공기 중의 습기로 살아간다고 한다. 물을 빨아들이는 뿌리도 없고 무성한 잎도 굳건한 줄기도 갖지 못하는

이 식물이 사막을 굴러다니며 생존하는 모습을 시인은 "사막이 사막을 건너고 있다"고 재치있게 표현하고 있다. 하지만 사막이라는 황폐한 환경에서 거칠고 보잘 것없는 모습으로 살아가고 있지만, 회전초는 이 거친 땅을 구르며 "바람에 흩어진" 이슬들을 모아 "부유하던 씨앗들을 번식"시키고 "종족의 숨소리를 듣는" 생명으로서의 활동을 수행하는 것으로 이 신산한 사막의 삶을 견디고 있다. 그런 점에서 회전초는 시인 자신의 아바타이기도 하다.

다음 시는 좀 더 아름다운 이미지로 생명의 힘을 노래하고 있다.

> 돌아오지 못할 피붙이를
> 보라의 늪에 묻고 덤벙거리다
> 여자는 꽃에게 꽃이냐고 물었다
> 죽어서도 사라지지 않는 이명은
> 어린 숨소리에 닿기 위해 손을 뻗는다
> 수직으로 꽂힌 어둠 뒤에
> 메아리도 되지 못하는 절벽
> 조막손이 남기고 간 화관을 쓰고
> 먼 산을 베어 문 여자의 눈빛

자장가 후렴구처럼

어쩌다 뒤로 가는 법만 읽힌 여자

칭칭 동여맨 울음이 통증으로 칭얼대다

벌판 가득 아장아장 걸어오는데

벌개미취 옹알옹알 돋아나는데

꽃잎 떠나간 자리 셋 둘 하나

—「벌개미취」 전문

   흔히 벌개미취처럼 밀생하는 꽃들을 하늘에 있는 별들로 비유하고는 한다. 꽃으로 피어난 생명을 보고 시인들은 시상을 넘어 하늘로 초월해가는 존재의 가벼움을 상상하는 것으로 위안을 얻기 때문일 것이다. 하지만 김해리 시인은 벌개미취 꽃을 보고 지상에서 이제 아장아장 걸음마를 하고 옹알옹알 말을 시작하는 어린아이를 떠올린다. 한 송이의 꽃, 하나의 생명을 피어나게 하는 것은 어린아이를 키우는 일처럼 안타까운 기다림과 섬세한 손길이 필요한 일이다. 우리는 항상 "수직으로 꽂힌 어둠 뒤에 / 메아리도 되지 못하는 절벽"이 도사리고 있는 지상의 고통을 감내하는 삶을 영위해야 하기 때문이다. 그것을 견디는 것은 "꽃에게 꽃이냐고 물"어야 하는 당연하지만 근본

적인 질문을 던져야 한다. 이 질문을 잊어버릴 때 우리의 삶은 꽃 한 송이 피우지 못하는 사막이 되어 버린다. 시인이 시는 쓰는 것은 어쩌면 이 당연한 질문을 잊지 않기 위해 지상의 생명들에게 말을 거는 것인지도 모른다.

3. 무게와 따뜻함의 이중성으로서의 부성

김해리 시인의 시들에는 아버지의 이야기가 많이 나온다. 그의 시에서 아버지는 이중적인 존재이다. 그의 시에서 아버지는 가족의 짐을 대신해서 짊어지고 살아온 고통스러운 존재여서 시인에게는 항상 무거운 어떤 책임감과 구속을 느끼게 하지만 또 한편으로는 사랑을 가르쳐 준 따뜻한 존재이기도 하다. 다음 시가 이런 아버지의 아이러니한 위치를 잘 보여주고 있다,

고향 빈집을 찾았을 때
마루 밑에서 아무렇게나 나뒹굴던 검정 고무신

밤이면 헐렁해진

아버지의 고무신을 끌고 다니며

채마밭 귀퉁이에 오줌을 누곤 했다

찔끔거리던 오줌이 신발 속으로 파고들어도

이웃집 셰퍼드가 칠흑처럼 캉캉거려도

오줌에 젖은 발이

신기하게 포근했다, 무섭지 않았다

아버지의 발자국만 따라갔다

흔들리며 굽어가는 등을 보고

이유도 모른 채, 뒤뚱뒤뚱 뒤를 따랐다

그렇게 아버지는 똥오줌을 받아내며

우리의 영토를 다져놓고

평생 한 번뿐인 여행을 떠나는데

그 여행길에 구두 한 켤레 준비하지 못했다

오종종히 화인처럼 찍힌 상처 위로

말없이 먼지를 뒤집어쓴 저 빈 배

늘 삐걱거리던 노는 멈추었고

꿈꾸듯 망초꽃 출렁이는 긴 강을 건너고 있다

—「검은 배」전문

아련한 옛날을 떠올리게 하는 잔잔하면서도 아름

다운 시다. 시인이 자신이 살던 옛집에 찾아가 그곳에서 발견한 아버지의 검정 고무신은 많은 것을 말해주고 있다. 시인은 지금 아무도 살지 않는 고향의 빈 집을 찾아간다. 그것은 아버지라는 존재의 무게가 거기에 아직 남아 있다고 생각하기 때문이다. 그곳은 "우리의 영토를 다져놓고" 떠나신 아버지의 무게가 고스란히 남아 있는 곳이기도 하다. 아버지가 남겨놓고 떠난 고무신은 이 모든 것을 상징적으로 보여준다. 아버지는 그 고무신을 신고 힘든 노동을 하며 가족을 부양했을 것이다. 하지만 시인은 아버지가 떠날 때 그 고무신도 버젓한 구두 한 켤레도 신겨드리지 못한다. 그렇게 남겨진 아버지의 고무신은 그 자체가 삶의 무게와 고통의 상징이다. 시인은 그 고무신을 신어보는 것으로 아버지를 기리는 의식을 수행한다. 그리고 그 신발 안의 온기로 아버지의 사랑을 다시 추억한다. 그런 점에서 고무신을 "검은 배"로 표현한 시인의 감각이 예사롭지 않다. "늘 삐걱거리던 노는 멈추었고"라는 구절에서 아버지의 삶의 신산함이 잘 표현되어 있다. 하지만 시인은 그 고통의 삶을 "꿈꾸듯 망초꽃 출렁이는 긴 강을 건너고 있다"라고 함으로써 아버지의 영혼을 아버지가 남겨주고 간 사랑으로 다시 달래주고 있다.

허수아비 얼굴이 까맣다
속이 타들어 간 흔적일까
밭고랑 사이 풀들이 가을볕을 물고 있다
초록이던 메뚜기 누렇게 익어간다

물든다는 건 익는다는 것
익는다는 건 물든다는 것

태양을 우러르며 곰곰이 익어가는 해바라기
벼들이 고개 숙이고 메뚜기 숨소리를 읽는다

시간은 풀들을 한껏 구부리며 어둑해진다

아비 속을 태우며
구름처럼 몰려다니던 부리들
그들도 누구에게는 부양가족이었을까

익지도 물들지도 못한 노랑 턱을 가진 부리 하나가
풀섶에 우두커니 서 있다

각자의 방식으로 익어가는 계절

낡은 옷자락을 펄럭이며 들판의 아버지가 익어간다
톡톡, 풀씨가 익어가는 소리로 까맣게 물들고 있다
—「아버지가 익어간다」 전문

시인은 들판의 허수아비에서 아버지를 떠올린다. 얼굴이 까만 허수아비를 보고 "아버지가 익어간다"고 표현하고 있다. 허수아비는 지키는 존재이다. 아버지 역시 식구들의 영토를 지키기 위해 까맣게 얼굴을 태우며 익어갔을 것이다. 익어간다는 것은 성숙해가는 것이기도 하지만 애초의 힘을 빼앗기거나 포기하고 벼가 고개 숙이듯 삶에 고개 숙이는 것이다. 시인은 들판의 허수아비를 보면서 아버지가 느꼈을 이 슬픔을 감지한다. 그래서 "풀씨가 익어가는 소리로 까맣게 물들고 있"는 것은 다름 아닌 시인 자신의 가슴일지도 모른다.

이렇듯 영토를 지키려는 강인한 남성성과 그것이 소멸해 가는 슬픔을 아버지로부터 동시에 발견한다. 시인에게 아버지가 무거움과 사랑이라는 양가의 정

서로 느껴지는 것은 바로 이 때문일 것이다. 그런데 그런 부성의 힘이 점점 상실되어 가고 있다고 시인은 생각한다. 그런 세태를 시인은 다음과 같이 재미있게 표현하고 있다.

티브이 속 남자가
아이에게 우유를 먹이고 있다
저 남자의 고요한 눈빛과 자분자분한 어투는
야생의 흔적을 떨군 지 오래
예전에 우리가 그랬던 것처럼
이제 순한 양으로 돌아온 것인가
포효하며 독재를 일삼던 그들과의 화친을 위해
우리는 얼마나 많은 무릎을 꿇어야 했던가
칭기즈칸의 승리를 위해 말젖을 퍼 나르던
수많은 여인의 땀이 이제야 생각났는가
그 젖 한 모금을 얻기 위해 아직도
치마폭 주위를 충견처럼 맴돌고 있는 것인가
그렇지, 늑대의 조상은 순한 개였으므로
개의 조상이 늑대였던가
칭기즈칸의 유전자를 어디에 다 흘러버리고
채찍 대신 앞치마를 펄럭이며

개똥이나 치우는 그대들이여

아직은 펄펄 살아 있는 식성으로 근육을 세우고

충견의 조상인 성깔 난 늑대로 다시 돌아가시길

그리하여

지축이 울리도록 지구의 중심에 오줌도 갈겨보

시길

천 리 물길을 만들어 호령하시길

그때, 우리는

평야를 내지르는 말발굽의 함성을 들으며

그대들을 위해 기름진 젖을 빚을 것이다

—「후예들」 전문

　지축을 울리는 말발굽 소리로 영토를 확장하는 칭기즈칸은 남성성의 화신이라 해도 과언은 아니다. 그런데 그런 남성성은 이제 보기 힘들어졌다. "채찍 대신 앞치마를 펄럭이며 / 개똥이나 치우는 남자들이" 되어 가고 있다. 그래서 늑대의 조상이 개인지 개의 조상이 늑대인지 헷갈릴 정도가 된 것이다. 시인은 세상의 아버지들이 이런 남성성을 상실하고 순한 양이 되어 버린 시대가 과연 바람직한지 묻고 있다. 세상의 생명을 기를 "기름진 젖"은 "평야를 내지르는 말발굽의 함성을 들으며" 만들어진다고 믿으며, 이 남성성이 생명의 또 다른 근원임을 시인은 힘주어 이야기하고 있다.

4. 맺으며

김해리의 시들은 아련한 슬픔이 느껴지면서도 아름답고, 고통스러우면서도 따뜻하다. 이런 다양한 정서들의 중첩은 삶의 이면을 들여다보는 시인의 시선의 깊이에서 온다. 세상은 고통이 지배하고 있는 것 같지만 사실은, 그 고통을 감내하게 하는 사랑의 힘이 있어 유지된다. 삶의 무게를 말하는 것은, 그것을 견디는 생명의 소중함을 돌아볼 때 진정성을 가지게 된다. 김해리 시인의 시들이 우리에게 주는 감동은 바로 이런 다성적 진실을 바라보는 진정성에서부터 온다.

상투적인 언어의 껍질을 깨기 위해 시인들은 끊임없이 새로운 언어를 만들어내는 자유를 실행하지만 그 자유는 우리의 삶을 되짚어 보는 무거운 말의 무게로 다시 돌아온다. 김해리 시인은 무거움과 따뜻함이 공존하는 시어들을 통해 우리 삶의 이 아이러니한 모습을 잘 포착해 보여주고 있다.

앵두나무 그늘을 서성이는

혈기로 들끓던 낯선 바람

비에 젖은 빨간 총알들이

기다렸다는 듯 팡팡 터진다

붉은 화약이 다 떨어지고 나서야

손끝이 무디어져 가는 초여름 오후

—「앵두나무 옆구리」 부분

    시인이 시를 쓰는 것은 앵두나무가 앵두 열매를 맺는 것처럼 아름다운 일이다. 그것은 비에 젖고 낯선 바람을 맞는 삶의 고통을 경험하고 또한 그늘을 서성이는 방황을 겪고 나서냐 비로소 도달할 수 있는 경지이기도 하다. 이 시집의 시어들은 잘 익은 앵두처럼 반짝이는 아름다움을 보여주면서도 "붉은 화약"처럼 한 순간에 터져 우리의 인식을 일깨운다.

시와반시 기획시인선 024
꽃에게 꽃이냐고 물었다

펴낸날 | 2022년 1월 20일 초판 1쇄

지은이 | 김해리
펴낸이 | 강현국
펴낸곳 | 도서출판 시와반시

등록 | 2011년 10월 21일 등록(제25100-2011-000034호)
주소 | 대구광역시 수성구 지산로 14길 83, 101-2408호
전화 | 053) 654-0027
전송 | 053) 622-0377
전자우편 | khguk92@hanmail.net

ISBN 978-89-8345-134-7   03810

*이 책은 한국예술인복지재단 창작준비금지원사업의 지원을 받아 제작하
 였습니다.
*이 책 내용의 전부 또는 일부를 재사용하려면 반드시 저작권자와 시와반시
 사 양측의 동의를 받아야 합니다.
*잘못 만들어진 책은 바꾸어 드립니다.